髪と家族
les cheveux et la famille

吉川佳英子
YOSHIKAWA Kaeko

文芸社

目次

髪と家族

叔母とウイッグ

「ねえ、もっと後ろに流れる感じのはないの？」

「こちらなんていかがですか、きっとお似合いですよ」

「あら、いいわね。でもフロントの立ち上がりはこっちがいいかな」

「まだまだサンプルはございますよ。お持ちしますね」

叔母の祐子《ゆうこ》は出かけるのをしぶったわりには興奮気味で、ウイッグを手にしてすっかりその気になっている。さっきからとっかえひっかえ、もう六つか七つ試している。

「きりがないじゃん」、わたしはため息をついた。

「こんなにシンプルなものだとは思わなかったわ。もっとヘアピンをいっぱいつけて、ややこしい操作をしなくちゃならないもんだと思っていたわ」

「皆さん、そうおっしゃいます。それがサロンに来られてサンプルを手にされたとたん、簡単なものなんだと思われるらしくて」

「まあ、わたし、ショートヘアってもう似合わないかと思っていたけれど、そうでもないわね。どう、英理子《えりこ》はどう思う？」

「ん、いいんじゃない。若々しいわよ」

「だから迷うのよね」

「なんにでも合うタイプのものをまずお持ちになったうえで、ヴァリエーションを増やしていくのがよろしいかと」

店員はうまいことを言う。

レディース用ウイッグは今や人気で、専用ショップが全国に広がっている。かつらと呼ばずにウイッグと呼ぶようになったことが、良い結果を生んでいるのかもしれない。無料体験は完全予約制で、ヘアカウンセラーによる個室での対応だ。

ショップの中はさながら洒落た美容院というところ。オーダーすればおよそ二か月で出来上がってくる。

叔母は結局、現在の髪型に近い、手入れのしやすいデザインを選んだ。髪のボリューム不足という悩みはこれで解消だ。大学の事務職員をしているわたしから見たら、かなりの出費であろうに、叔母は太っ腹。クレジットカードの一括払いでさっさと支払いも済ませてしまった。

「今日はお試しだけかと思ったら、ちゃんと買っちゃうんだもんね」

わたしが驚きを示すと、

「サンプル見てたら、早くそれをつけて出かけてみたくなったのよ。なんだか人生が変わりそうな気がして」

「それはポジティブ」

「出来上がるまで二か月待ちだけどね。あ、今日は付き合ってくれてありがとう。お昼、なんかごちそうするわよ」

叔母は六十八歳。子育てが一段落した後、市役所に再就職し、六十歳で定年退職した。同い年の夫と「さてこれから二人で旅行にでも」と言っていた矢先、夫が脳梗塞の発作で帰らぬ人に。もともとコレステロールの値が好ましくなく、食事には気をつけていたのだが、コロナ禍の昨今、運動不足が災いしたのかもしれない。加えて、コロナによる病床逼迫のせいで、病院への搬送に手間取ったのも、彼にとってはたいへん不幸だった。

取り残された叔母はしばらく引きこもっていたが、見かねたわたしが、何かと理由を見つけて引っ張り出しているうちに、次第に明るくなってきた。

わたしと叔母は二十六歳違いなのだけれども、むかしからわりと仲がいい。新しいもん好きでミーハー気味の彼女と、やや臆病気味のわたしは、組み合わせとしてはまあまあと言える。そんなわけで、最近はいっしょに出かけることも増えてきた。

元気を取り戻した彼女は、運動不足解消とばかりに、近くのテニススクールに登録をした。「あれ、いつの間に」と思っているうちに、今では週に二回、テニススクールに通っている。熱心なのには理由があって、テニススクールのコーチというのが、どうやら彼女の元気のモトらしい。「なるほど、こうして人は立ち直るのだな」と、わたしは人の復活のプロセスに軽い感動を覚えた。このコーチのおかげで彼女のテニスの腕も上がりつつあるみたいだし。

二か月前に、わたしはまず、テニスウエアを選ぶのに付き合わされた。それまで叔母は無難なグレーのジャージ上下を身につけていたのだけれど、上達するにつれてもう少し華やかなタイプのものを着たいと言う。「おおかた年下のコーチの好みを意識して、なんだろうな」と思っていたところ、やはり図星なようで、彼女はピンクのフランス製のウエアを手に取った。「フランス製？　ピンク？」と思ったけれど、わたしは顔に出さないように振る舞った。

「海外ブランドの新作ウエアも揃っていますよ」

店員のすすめに、彼女は嬉しそうだ。

スーパーで買ったグレーのジャージから〝おふらんす〟のテニスウエアへ、というのは、どう見ても頑張り過ぎだと思うけれど、それだけ彼女にとっては、コーチの存在が大きいんでしょうね。

「派手だと思う？」

叔母はおずおずとわたしの顔色をうかがう。

「そんなことないよ。ピンクったってパステルだし。似合うと思うよ」

わたしは平然と答える。彼女は即決し、結局、フランス製のピンクを買い求めた。

そして、今度はウイッグだと言う。

突然、電話をしてきて、どうしてもデパートの売り場に付き合って欲しいと言う。

「つむじのところがさ、なんかちょっと気になってね。髪の分け目もさ、ボリュームがなくってペタンとしてしまうのよね。いえね、だからって髪が薄くなったとか、そんなんじゃないのよ。ただ顔がさみしげに見えるのはどうかなって思ったりなんかして」

叔母は、ねちねちと訴える。髪が薄くなったわけではないと、わざわざ不自然な説明を加えている。

「みんな、そうなんじゃないの？　分け目を変えるとかして、うまく髪の立ち上がりを作れないの？」

「いろいろ試したんだけどねえ、わたしってそういうの、うまくないみたい」

思うに、叔母の髪のボリュームが不足してきたのは、なにも昨日や今日のことではない。二、三年前から、わたしはとっくに気づいていた。しかし、彼女自身がそのことを気にし始めたのは最近のことだ。彼女の中でおそらく、テニスのコーチの存在が大きくなってきたのだろう。

「ウイッグさあ、テニススクールに行く時にもつけんの？」

わたしは意地悪な質問をする。テニススクールに行く時にこそ、叔母はウイッグをつけるつもりでいるのであって、そんなこと、わかりきっているんだけれど、でもなんとなく、いじってみたくなるもんなんだよな。

スポーツのさいにウイッグをつけてプレイするというのはアリなんだろうか。テニスにしたって、コート内を走りまわることを考えればかなりの運動量で、しかもそれはスピーディーな動きであるはずだ。シニアであるにしても、動きの激しさはたいして変わらないだろう。だとすれば、そのような動きにウイッグが耐えられるものなのだろうか。屋外のスポーツということで、突然の強風に遭遇なんてことも十分あり得るだろうに、そちらも大丈夫なのだろうか。

ウイッグを頭にのっけてテニスをする叔母が、コーチの前で致命的なアクシデントに見舞われないことを心より祈ろう。彼女が張り切っているだけに、立ち直れない事態に直面することのないよう。くれぐれも。

老いの兆し

「ごちそうしてあげる」と言われて、断る理由はない。わたしと叔母はデパート七階のレストラン街に向かった。叔母の好みに合わせて和食店へ。お得なランチメニューが店頭に並ぶ。二人揃って焼き魚定食を注文した。カキフライ定食も視野に入ったのだけれど、叔母と同じにしたほうが喜ばれそうな気がした。

「それにしても、この分野って進化したわね。かつらって呼んでた頃はね、装着もたいへんそうだったのよ。今ではウイッグの裏についてる、なんというか、くし状の金具みたいなものを自毛にからめて、それでぐぐっと。そしたらもう、ズレたり、はずれたりしないっていうもんね」

叔母はしきりに感心する。

「ほんっとに落っこちたりしないの？　風が吹いても平気なの？」

疑い深いわたしに叔母は笑って抗議する。

「テレビのコマーシャルでも大丈夫って言ってるじゃない。船の甲板で風に当たって実験してみせてるし」

「ああ、あれね」

「英理子もやってみたら。かつらみたいな大げさなもんじゃなくって、ほら自分の髪にプラスするやつ。なんていうの？」

「あ、エクステのこと？　ショートヘアの人がロングを楽しみたい時とかに、人工毛を自分の髪に編み込んだりして長く見せるのよね」

そういえば、友だちが両耳の下のところだけにエクステをして、パープルの色味を楽しんでいたっけ。ああいうのも、いいかも。ちょっとした変身願望を満たしてくれるよね。

「若いといいわね。いろんなことができて」

「叔母ちゃんも十分、やってるじゃない。楽しそうに見えるよ」

「そう見せてるだけよぉ。髪を洗った後、軽くにぎっただけなのに毛が束でばっさり抜けたりしたら、もう悲しいやら怖いやら。だから髪を洗う時はそうっと、そうっと。そんな経験、まだしてないでしょ?」

「そうでもないよ。夏の終わりなんて、髪の毛って抜けるよ」

「そんな平然と言わないでって。あんたたちは、また生えるわって思えるからいいのよ。わたしたちなんてひょっとしたら減るいっぽうかなって。で、限りなくゼロに近づいていくのかなって」

このあたりが叔母の本心かもしれない。実は日々、ひたひたと押し寄せてくる「何ものか」に怯えて暮らしているというのが、正直なところなのかも。そんな自分を茶化したり笑ったりして、「何ものか」との共存をはかっているっていう感じなのかな。

「なに言ってんの。いまどきの六十歳、七十歳ってのは、以前の六十、七十とはまるで違うって言うよ。きっと摂ってる栄養が、むかしのそれとは違うんでしょうね」

わたしはどこまでも明るく応じるが、叔母はこんなことも言う。

「朝ね、起き抜けに鏡を見るとね、そこによく知らない老婆がいるの。それってわたしよ。鏡に映る自分のすっぴん顔なのよ。それこそ髪も細くて少なくなって。『誰っ？』て思った自分にびっくりよ」

こんなふうに気弱になって老いの兆しを吐露する叔母と、さっきウイッグの売り場であれやこれやお試ししてはしゃぐ叔母は、いずれも彼女の偽らざる姿なのだろうけれど、おそらく彼女は一日のあいだにも、二つの端と端を行きつ戻りつして、でも、どのあたりに着地して良いのか判断に困り、自分をごまかしてみたり、考えるのを中断し、そのままにしたりして、日々、やり過ごしているのだろう。彼女の目下の課題は、自分に忍び寄る「老い」をどの程度、認めるかってことなのかな。あるいは認めないとか。

「でも、二か月後が楽しみだね。ウイッグできてくるんでしょ？　動画を送ってよ。早く見たいから」

気分を変えようとばかりに、わたしは話題の転換を試みる。

「いいよ。動画はもちろん送るけど、ウイッグつけてメイクして、ね、また遊びに行こうよ」

「もちろん」

「だって頼りになるのは英理ちゃんぐらいだもん。彩子《あやこ》さんはさ、どうせひろクンを連れてまた実家のお母さんのところに行ってるだろしさ」

彩子さんというのは、叔母の息子の奥さん、つまり嫁のことだ。二歳になる孫のひろクンは可愛いさかりなのだけれど、叔母が孫と遊べるのはせいぜい三か月に一度ぐらいらしく、そのことが彼女には不満でたまらないらしい。「息子なんて奥さんの言いなりだもん。奥さんは結局、自分の実家ばっかり頼るし」と、グチる。

「でもさ、彩子さんに子守を頼まれなくてラッキーって見方もできるじゃない。じっさい、たいへんらしいよ、孫の世話って。怪我でもさせたら取り返しつかないしさ」

「わたしは大丈夫よ。怪我なんかさせないし、うんと可愛がってあげる。そもそもさ、息子のほうの孫なんてわたしたちにはいないも同然よ。娘の子だったらねえ、もっと行ったり来たりできたのに」

「それはよく聞く話。わたしの友だちもそんなこと言ってたっけな。娘っていうのは、子どもを連れてしょっちゅう実家に出入りするものらしいよ。って言うか、ほぼ毎日、実家で晩ごはん食べてくるって言ってたよ」

「でしょ。だからさ、結局、老後もその延長だと思うのよね。息子とか息子の嫁さんはわたしのことなんて放っておくわよね」

「あ、それを気にしてんのかぁ。まだ早いんじゃない。なに、娘がいたら老後も心強いだろうって。そういうこと？」

「少なくとも息子よりはいいんじゃない。頼りになんないもん、息子なんて。救急車も呼んでくれないいんじゃないのかなって」

「そんなことないって。あの子は優しいよ」

「ま、いいや。今から心配してもしょうがない。とにかくまた出かけよう。あ、今度は淑子《よしこ》姉さんにも声かけようよ。もうそろそろいいんじゃない？　三人で甘いものでも食べに行こうって言っといて」

「わかった、わかった。どこにでもお供するよ。そうね、お母さんにも声かけとくね」

苦笑しながら答えるわたし。

グレイヘア

髪については、わたしだって人ごとではない。髪の生え際に白く光るものが見え隠れし始めたのはもう三、四年も前のことだろうか。最初は「何、これ？」と思ってエイと、ピンセットで抜いていた。これが白髪と言うもんだということがわかってきたのは、しばらく経ってからのこと。「まさか」と思ったが、人によっては二十代から生え始めることもあるとのことで、「そうか、かなり早くから生える人もいるのか」と、少しほっとしたことを覚えている。そして、「わたしは普通で、およそ早過ぎるってことはないんだよ」と、思うことにした。

白髪は抜くと増えるという。それに目立つようになるらしい。じゃあ、どうすればいいのか。抜かずに白髪染めに頼るのがいいみたいだ。白髪染めのセットを購入することになるのかな。ドラッグストアに売っててんのかな。

ドラッグストアにはしょっちゅう立ち寄るのに、白髪染めの置いてある棚に行くのは一日延ばしとなった。なぜ一日延ばしになってしまうのか？「白髪」って言葉のせい？ 最近は「グレイヘア」って呼ぶよね。で、白髪染めは「カラーリング」というカテゴリーの一部という位置づけになっているはず。わたしは自分のしようとしていることを、「グレイヘアらしきものを、ある種のカラーリングでもって、周辺との調和をはかるためにアレンジを加える」と言い換えてみた。ややこしいが、ちょっと安心する。とにかくわたしの生活の中から「白髪」という言葉を消し去ろうと躍起になった。「白髪」って言葉が「老化」を連想させるから……。

わたしのこの不自然な行為は、考えてみれば、先日の叔母の言動と大差ない。叔母は「髪が薄くなったわけではないが、とにかくウイッグを買う」と、わざわざ言う。わたしはいわゆるアラフォーで叔母とは世代が違うけれども、忍び寄る老化に抵抗する姿はまるでおんなじって言っていい。妙なところで叔母と連帯してしまった。

で、わたしはドラッグストアのカラーリングコーナーにある白髪染めの箱が並ぶ棚にようやっと出向き、ひとつひとつを手に取って箱の裏の説明書きを入念に読むのだった。色のヴァリエーション、クシの使い方、洗い流し方、その後のケアなど。ただ、読んでも、メーカーによる違いはわかったようなわからないような。結局、試してみるよりほかないって気になる。

わたしはあたりを見回した。誰も見ていない。今だとばかりに一番手前の「ダークブラウン」と書かれた箱をさっと取り上げる。なんでこういう振る舞いになってしまうのか自分でもわからないけれど、伏し目がちでレジに向かう。顔も上げずに必要なお金を置いて、商品を腕にかかえ込む。そそくさと店を出て、いっさい後ろを振り向かない。まるで悪いことをしているみたいだけれど、白髪染めを買うところを人に知られたくなかった。

こうしてわたしのカラーリングの習慣がスタートした。だいたい月に一度、髪の生え際の白い部分めがけて、白髪染めの薬液をクシで塗りつけていく。手が汚れないよう使い捨てのビニール手袋をはめているから、滑ってクシがうまくにぎれない。おまけに合わせ鏡をしても後頭部が死角になってしまい、結局、手探りで塗るしかない。おそらく必要な部分に液は行きわたっていないことだろう。ムラだらけの仕上がりで、傍目にはおかしなことになってんじゃないかな。

それでも、雅也《まさや》のところに行く前には、わたしはこのカラーリングを念入りにおこなうのだった。体のどこかに引け目があると、それだけで男女の対等っていうものが崩れそうな気がする。本当はそうでもないんだろうけれど。でも女子にとっては大事なことなんですよね。できれば自信を持って相手に臨みたいと思う。

「あ、おでん！　十月ってもう解禁？」

雅也が声を上げる。

「フフ、おでんは一年中、食べていいわよ」

「あ、もちろん、夏でもウマいけど」

「ただ、そろそろ、お鍋やってみよっかなって思って」

「季節がめぐって来たって感じするよね」

肌寒くて空が厚い雲に覆われていたものだから、急に温かいものが食べたくなり、途中のスーパーでおでんの具材を買い込んできたのだった。

夕食の支度をしているあいだ、雅也は掃除機をかける。金曜の夜から週末を、わたしたちはいっしょに過ごす。こんな生活パターンがずいぶん、長く続いている。

「今日も会社には行ってないの？」

「まだリモートワークだよ。今日もさっきまで、オンライン会議だったんだ」

どうりで。彼は洗いざらしのTシャツの上に「取りあえず、ジャケットを羽織りました」みたいな格好をしている。オンライン会議だと、その程度でも十分、通用するもんね。

「いいわね。わたしなんか混んだ電車通勤してんのよ。不織布マスクの二枚重ねは苦しくって」

「お疲れさま。でも運動になるじゃん」

「できれば家にいたいわよ」

「オレ、運動不足で」

「スクワットよ。少なくとも二十回ね」

こんなやり取りをしているあいだに、お鍋はほどよく湯気を上げ始める。部屋に出汁の香りが漂う。

べつに雅也に文句があるわけではない。も少しワガママでもいいんだよってくらい、彼はわたしに気を使ってくれる。何よりわたしと雅也は相性がいいんだわ。たぶん、そこらへんの夫婦よりわかり合っていると思う。ご近所では、わたしたちは家族だって思っている人もいるんじゃないかな。ただ、わたしが結婚に踏み切れないでいるのは、今の二人の距離が居心地いいから。これをキープしておきたいなって思って。

というのは言い訳であって、本当の理由は少し違うところにある。自分ではわかってるんだけどね。実はわたしは結婚というのが怖いのだ。結婚したら何かが変わるんじゃないのかなって。

結婚してももちろん、それは壊れることもあって、壊れるのは一瞬のように見えるけれど、実はじわじわ違和感みたいのがあって、それが徐々に広がっていくものらしい。喧嘩を繰り返すこともあるだろうけれど、逆にそういうのはいっさいなくって、いつしか静かに終わりを迎えるようなケースもあるという。わたしの両親の場合は、喧嘩を繰り返したあげく、ついに破綻に至ったというかたちだった。

わたしが小学生になるかならないかの頃、父と母はよく言い争っていた。なんかよくわかんないけど、つまんないことについてだったような記憶がある。で、父の出張ってのがだんだん増えていって、そのうち長い出張っていうのが増えてしまい、ついに家に戻らなくなった。わたしは母に「お父さん、どうしたのかな?」って聞いたけれど、「お仕事」って返事だった。詳しい説明はなくって、たぶん離婚だなとわかったのは少し時間が経ってから。それ以降は父親参観日も、運動会も母が一人で参加してくれた。

そんなわたしだから、自分の結婚となると、悪いイメージが先行してなかなか実現には踏み切れないでここまできてしまった。トラウマってやつですかね。

雅也にきちんと事情を説明したわけではなく、

「なんかね、両親を見てたら恐怖心が先に立ってね」

と言った程度なんだけれど、

「べつにかたちには、こだわらないし」

と彼は理解を示した。それっきり、この話題には触れていない。

だけど、わたしたちは若くないんですよねっ。わたしは四十二歳で、彼はそれにプラスすること二歳。子どもとかって言うと、リミットありますよね。どうすんだぁ。

「どう？　エリんとこのお母さんはあれから元気？」

つるつると皿の上で逃げる三角形のコンニャクを箸で追いながら、雅也は聞いた。

「かろうじてね。母が手術を受けてもう、ええっと、二年半かな。なんせ、実家が歩いて二十分のところだから、母とはしょっちゅう会ってるわ」

「エリたち、仲いいもんね」

「がんは手術後の経過観察期間が五年って言われてるけど、じっさいは三年かな。そのあいだ、何もなきゃいいんだよね」

「腫瘍マーカーとかの検査？」

「他にも内視鏡とかいろいろ。うちのお母さんって大腸がんだったけど、術後の経過はすこぶる良かったからね」

「いいじゃん、転移してないってことだね」

「今んとこはね」

そう、母は二年半ぐらい前に手術を受け、大腸をばっさり十センチも切ったのだ。がん体質でもないのに、なぜって思ったけれど、きっと積年のストレスがたたったのだろう。

たまたまわたしが実家に戻っていた折に、母は急に腹を押さえて「痛い、痛い」とうめき始めた。どうしていいかわからないわたしは、思わず雅也に電話したんだっけ。そうしたら、彼はすぐさま救急車を呼んでくれて。早い対応がおおいに功を奏したらしい。母は後で何度も彼にお礼を言った。そんなわけで、成り行きとは言え、わたしはいちおう雅也を母に紹介したってことにはなってるんだけどね。

うまい具合に出汁がしみた大根を、箸で四つ切りにして口に運ぶわたしの手元を、雅也はおもしろそうに眺めている。

「あん時は、マサが気を利かせて救急車を呼んでくれたんだったよね」

「何ごとかと思ったよ。エリのあわてぶりと言ったら」

「そうだっけ。自慢じゃないけど、わたしって危機管理対策ゼロなもんで」

「ハイハイ、いつ電話くれてもそれなりに対応しますから。ヤバイ時は言ってくれていいからね」

どうして雅也とわたしが結婚していないのか不思議なくらいだった。結婚していてもまったくおかしくないのに。それほど、両親のかつての不仲は、わたしにとってショックだったのだろうか。

美佐子と

白髪はいったん生えると、次にそこから生えるのは必ず白髪なのだそうだ。つまり基本的にはもう元の黒髪に戻ることはない。わたしはそれを知ってため息をついた。いったいどれくらいのスピードで白髪は広がっていくものなのだろう。調べてみると、これは個人差のあるものらしく、それこそ遺伝的な要素が影響している。ネットの情報によると、髪に関する遺伝は父親から娘、母親から息子に影響するらしい。

「む、父親から娘」

思わず声が出てしまった。隣で領収証の整理をしていた同僚の美佐子が驚いて仕事の手を止めた。

「どうかした？」

「ん、ちょっとデリケートな話。白髪って遺伝だってさ。で、父親から娘へって」

「まあね、よくいわれてることだけど、信じていいかどうかね」

同世代の美佐子はいたって冷静だ。

父親から娘への遺伝ったって、わたしの場合、もうずっと父親に会ってないわけだから、年を取ったらどんなふうになるかなんてイメージできないじゃん、と思いながら、

「美佐子は平気？」と小声で聞いてみた。

「行きつけの美容院でお願いしてるのよ」

「あ、そうなんだ。どうりで」

「自分でやるのとプロがやるのとでは、やっぱ違うもんよ。プロにまかせたほうがいいよ」

美佐子は確認済みの領収証をクリップでひとまとめにしながらアドバイスしてくれる。

「そう、そうだよね」

わたしは頷く。

なにせ自分でできることには限界がある。あれ以来、わたしは定期的に、せっせと風呂場で白髪染めに奮闘してきた。でもでも、いっこうに腕は上がらず、とんちんかんな場所に薬液を塗りたくり、あげく風呂場を汚してしまっている。一方で、白髪の面積の拡大は思ったより早い。遺伝よりもストレスなのかな、あるいは栄養状態の悪さかな、一人焼肉にでも行こうかな。などなど、思いをめぐらせ、結局、美佐子の言うように、美容院で相談しようという気になった。

美佐子とわたしは付き合いが長く、年齢も近いものだから、昼食をいっしょに食べることもしょっちゅうだ。今日は、持参のツナサンドをつまむ彼女の指先が可憐だったので、つい、「どこのネイルサロンに行っているの？」と、聞いてしまった。

「あ、これ可愛いでしょう。近所のショッピングモールに入った、個人のやってるサロンなんだけどね」

美佐子は桜色の爪を見つめる。

「ラメが大き過ぎなくていいね」

と言って、わたしも眺めた。

「ほら、わたしは三十で子どもを産んじゃったでしょ、子どもが小さいうちは自分の身なりにかまってるひまなんてまったくなかったから、ひどいもんだったわよ。最近、やっと少し余裕ができてきて、ネイルサロンとか、ね」

「そうよね。莉奈《りな》ちゃん、もう四年生だっけ」

「まだ子どもって言えば、子どもだけど」

「そっかあ、でも、美佐子はエライよね。ちゃんと子育てしながら職場復帰も果たしてるし。危なげない人生、だよね」

「なに言ってんの。英理子だって充実してんじゃん」

「そんなことないよ。わたしと雅也なんて、いまだ籍を入れてないし」

「籍を入れてないっていっても、仲良しじゃない。カップルのかたちなんていまどき、いろいろだよぉ」

「うーん、でも、漠然と不安なんだ」

「不安なんてどこも、おんなじ」

「ま、わたしが煮え切らないのが悪いんだけどさ」

「ほら、なんだっけ、ヨーロッパとかには使い勝手のいいシステムがあるじゃない。ああいうのが日本にもあれば良かったのにね」

「システム？」

「確かフランスだっけね。実は同棲なんだけど、結婚してるのと同じような権利が得られるっていうの」

「あ、それ、ずいぶん前の話なんじゃない？」

「えっと、『パックス』だったかな？　確か、新聞で読んだのを覚えてるわ」

「そうね、そういうの、話題になったわよね」

「二十年ぐらい前かな、お手軽だなって思ったわ」

「だから、若者にウケたんだよね」

「でも、ほら、最近のコロナ禍で、フランスではまた、あらたに人気が出たってよ。この制度が再び、注目されてるって」

「あ、結婚式ができないもんだから……」

「そ、『パックス』は申請するだけでいいからさ」

「コロナ禍の収束を待たなくていいってことね。なるほどね」

「だからぁ、英理子は時代の先端を行ってたのよ」

「先端ねえ、考えたこともなかったな」

パックス（ＰＡＣＳ）とは、一九九九年にフランスで定められた「連帯市民協約」の通称で、異性・同性を問わず共同生活を営む成人カップルの身分を保障するものだ。要するに、結婚より規制が緩く、同棲より法的権利が強いといえるかな。

わたしは二つ目のおにぎりに手を伸ばしながら、話を続ける。

「けど、日本じゃまだまだね。夫婦別姓ですら実現しない国だもん」

「そ、夫婦別姓だと家族の絆が揺らぐなんて言われてるのよね」

美佐子はハハ、と笑う。

「そんなもんかな？　結婚して、美佐子はどう思った？」

「あり得ないよ、名前ぐらいで。それよか、面倒な名前の書き換えの手続きは、どうにかしてもらいたいもんよね。パスポートだの保険証だの銀行だの」

「だよねえ」

「男性は経験しないから、女子の苦労なんて、わかんないだろうし」

「確かに」

「あ、もうこんな時間」

しゃべっていると、時の経つのが早い。

わたしたちは大急ぎで部署に戻った。

日本とフランスの髪事情

「なんだ、もっと早く相談してくれれば良かったのに。いえね、英理子さんはさあ、髪型も自然っぽいのがお好みだから、グレイヘアも染めたりせずにナチュラルな感じでいくのかなと思ってたもんだから」

と、美容師の沢田さんは、気軽にわたしの相談に応じてくれた。

先日の「グレイヘアのカラーリングは、ぜひ、美容院でオーダーしてみてよね」という美佐子のアドバイスにしたがい、わたしはさっそく美容院を予約したのだった。

渋谷にあるこのY美容院は家からそう遠くないこともあって、引っ越して来た時からずっと通っている。内装が白くてシンプルで清潔感があるものだから、とても気に入り、スタッフたちも気さくな人が多いので満足している。

「そうですね、もっと早く言えば良かったですね。でもカラーリングすると髪を傷めると思って」

「今、薬剤はぐっと進歩してるから大丈夫よ。トリートメントとセットでやれば、ダメージもぐっと減るし。まかしてよ。うまくやってあげますから」

と言いながら、沢田さんは、さっそくカラーのカタログを持ってきてくれた。

彼女は、この美容院で働いて久しい。系列サロンは都内に十店舗ばかりあり、パリに本拠地を持つ。彼女はパリでの研修旅行に参加した経験もあり、研修の成果だろうか、サロンで使う薬剤にめっぽう詳しい。パリで人気のヘアケアブランドの新製品などの情報にも通じている。

あまりオシャレにこだわらないわたしは、最初、「この美容院は場違いかな」と、ためらったけれど、沢田さんはじめスタッフたちが付き合いやすかったので、今ではすっかりリラックスして通っている。

ああだこうだ言いながらの髪の色選びは楽しい。明るく振る舞う沢田さんのおかげで、グレイヘアが年齢を思わせる事象であることをわたしはすっかり忘れた。美容院は老化をめぐる女性の複雑な心理を巧みにオシャレの機会に、すなわちビジネスのチャンスにと、すり替えてきたのだろう。

沢田さんとのおしゃべりは続く。

「日本人とフランス人の髪質って驚くほど違うのよ」

「どんなふうに違うんですか？」

「東洋人の髪は太くてしっかりしてるのよね。でも、欧米の人は柔らかい髪質の人が多いかな」

「映画なんか見てても、欧米の女優さんの髪ってフワフワしてますよね」

「だからね、おんなじスタイリング剤でも、日本で売られてるものは、日本人用に特別に作られているのよ」

「なぁるほど」

「もちろん、日本とヨーロッパの気候の違いっていうのも大きいわね」

「気候ってそんなに違うんですか？」

「わたしが研修に行ったのが二月だったから、よけいにそう思ったんだろうけど、とにかくパリは乾燥がすごいの」

「空気の乾燥ですか？」

「そ、洗濯物なんてね、室内に干していても、二十分ぐらいすればパリパリになってるのよ」

「あ、聞いたことある、その話。それに同じメーカーのハンドクリームでも、日本で売られているものと、フランスで売られているものは内容が違うって。パリを旅した友人が言ってました」

「そうなの。フランスのクリームはこってり重くて、ハンドクリームみたいな日常的なものでも、日本のとは違うわねぇ」

「じゃ、シャンプー液なんかでも、日本のとフランスのでは相当、違うんでしょうね」

「フランス滞在で残ったシャンプーを、もったいないからって日本に持ち帰って使ったら、かなりベタついたもんね」

「そうなんだ」

沢田さんとの話があまりにはずむものだから、わたしはすっかり心を許し、叔母が最近、ウイッグに挑戦したことも話した。

沢田さんは笑いながら聞いている。

「ウイッグをつけることで、生き生きと過ごせるなら、それはとってもいいことですよね」

確かにそうだ。夫を脳梗塞で亡くし、すっかり元気を失っていた彼女が、再び明るさを取り戻してくれたことは何よりも嬉しい。

わたしは、先日、テレビで見た「メイクセラピー」という化粧療法のことを思い出した。高齢者や認知症患者、療養中の人々にメイクサービスをすると、彼女らが前向きな気持ちになれたという内容だった。

認知症患者に、マニキュアを塗るメイクセラピーをしたところ、その患者は急に笑顔になったという。普段、あまり活気がなかった人なのに、きれいになった自分の爪を見た瞬間から、別人のように生き生きしたのだそうだ。


女性ばかりではない。髪や身なりに関心が高いのは男性とて同じだ。

先日、雅也のところにやって来た彼の弟、智希《ともき》も髪のことを話題にしていた。智希はわたしと同い年で、小学生の女の子のパパだ。

「アニキはいいよな。まだフサフサしていて。オレなんか、もうかなりヤバイぜ」

「親を恨めよ。こういうのは遺伝だっていうしさ。ホルモンバランスの変化が原因っていうよな。おまえは男性ホルモンが多いんじゃないか」

雅也は今のところ、薄毛とは無縁に見えるが、時とともに、そうも言ってられなくなるんじゃなかろうか。彼らの親せきの頭髪は、母方も父方も、けっして豊かではないらしいから。

「汗をかいた時なんかさ、頭皮が見えてんだよな。半年ぐらい前から、朝、セットが決まんないなあと思って注意して見るとさ、特に前髪が以前より後退してるなって思って。抜け毛も増えたしなあ」

智希クンはグチる。

「育毛剤とか売っててんじゃん」

「CMばんばん流れてるよね。使ってますとも」

「あ、アメリカ発のね。確か一九九九年頃、日本でも売り出したんだよな」

「アニキもよく知っててんじゃん」

「あの頃、話題になったじゃない。周りでもみんな使い始めたもの」

「ニーズはあるよな」

「で、効果のほどは？」

「使ってなきゃ、もっとひどいことになってたってさ。店の人が言うんだけど。当てになんないよな」

「ハハ、ま、店員は、そういうふうに言うよな」

「今や、バージョンアップした新製品の時代だよ」

「強力になったの？」

「発毛成分ミノキシジル配合さ」

「詳しいな。高いだろ」

「そうなんだよ。出費だよぉ。一本、八千円程度するもの」

「バカになんないよな、それは」

傍らで二人の話を聞いていたわたしは、笑っていいのかそうでないのか、よくわからなかった。雅也も智希クンも、実は、いろいろ気にしていたのだ。

いい機会だから、沢田さんにフランスの男性について尋ねてみた。

「フランスの男性も髪の量は気にしてるんですか？」

「ノン、ノン、あり得ない」

「え、そうなの？」

「彼らは髪が薄いことなんて、気にしないもの」

「そうですよね。フランス人で髪の薄い男性って多いですよね」

「というか、もうかなり減ってきた段階で、全部、剃っちゃうってよ。中途半端に残るのは面倒くさいって。スキンヘッドのほうがラクだそうよ」

「そうよね。帽子でオシャレするってのもアリだし」

「なんでも、シャワーの時、頭のてっぺんから足の爪先まで、サボンひとつで洗い流せてしまうって言うのよね」

「なぁるほど、いいですね、それ」

「そもそも、フランスでは女性が薄毛の男性を嫌がってないもの。むしろ女性から見たら、セクシーに映るらしいのよね」

「フフ、わかるような気がします」

「そうよね。人によるけど、官能的ってことはあるわよね」

「女性がもっと、男性の魅力に気づいてあげないといけないんですね」

「そ、イイ男に育てなきゃ」

ふぅん、価値観はいろいろなんだな。智希クンにはぜひ、機会を見つけてフランスを旅してもらいたい。


「髪をめぐっては、ホント、ずいぶん事情が変わってきましたもんねえ。好きなように自由にデザインできるのよ。一方で、また、ウイッグって言えば、医療用も進化しつつあってね」

最近のウイッグ事情にも詳しい沢田さんだ。

「医療用ウイッグ？」

「ほら、抗がん剤を使わないといけない患者さんとか、脱毛症の人のサポートとか。実は、わたしも医療用ウイッグのデザインとか製作とかを頼まれたことがあってね。ニーズは確実に増えているのよ」

沢田さんの話は興味深い。そういえば、友人がヘアドネーションという活動に参加していることを思い出した。

「頭髪を必要としている子どものために、髪の毛を寄付する活動があるとかって話は聞いたことがあるけれど」

と、尋ねてみると、

「そうそう、美容院のお客さまの中でも、ぜひ寄付したいって方もいてね。でも三十センチぐらい必要なので、その気で伸ばさないとダメなのよね」

「ふぅん」

年齢とともに髪が薄くなることや白髪になることは、もちろん深刻な悩みだけれど、病気や事故などで髪を失うことは、そりゃあ、つらいことだろう。子どもの場合は先が長いだけになおさらだろう。それが理由でイジメにあうかもしれないし、人に会うのがためらわれるってこともあるだろう。

沢田さんの話を聞いて、髪の毛を寄付するために友人がせっせと髪を伸ばしていることが理解でき、また共感できる気分にもなったけれど、正直、まだ「いろいろたいへんなんだな」と思う程度だった。医療用ウイッグのことや、病気で髪を失うということが、自分にとってもっと身近なものになろうとは、この時は想像だにしていなかった。

悪いニュース

母が電話してきた。

「病院で、がんの転移が見つかったの」

まさかと思った。あんなに調子良さそうだったし、腫瘍マーカーの結果も問題なかったのに。大腸がんの手術を受けてからもう三年近いけれど、母は術後、三か月ごとに経過観察の検査に通っていた。五年間のうちに転移が見つからなかったら安心していいということになっている。まあ、五年と言っても実質、三年らしく、母の場合はあともう少しというところだったのだけれども。

嘘だと思いたかったが、転移先は肺とのこと。

「まだ本当にそうかどうか、わからないじゃない」

わたしは力づけようと思って言ったが、

「貧血がね、このところね、ひどくてね」

母は話すのがちょっと苦しそうだ。息苦しいのだろうか。だとしたら、やはり転移しているのだろうか。

「で、先生はなんと?」

「近々、また入院みたい。それこそ検査をたくさんしなければならなくなるってよ」

母は今、七十二歳だ。前回は「悪いところは全部取っちゃいましょう」と医者に言われ、即、手術を受けることに決めた。ただ、手術は体にはやはり負担であるらしく、回復にはけっこう時間がかかった。またあのような手術を受けることになるのだろうか。彼女には負担が大きいだろうなと、わたしは思う。手術を避けるすべはないのだろうか。

「わかった、そっち行くよ」

取りあえず、電話を切った。

その後、ばたばたと入院が決まった。前回は消化器外科での受診だったが、今回は呼吸器外科だ。フロアが五階に変わったから、病室から見える景色が少々違う。

季節は順調に進み、木々の葉が色づく頃だ。柿の葉が紅葉し、陽の光を受けてにぶい赤を放っている。

昨日の夕方、わたしは叔母に電話した。なかなか電話に出てくれない。彼女はあれから、いっそうテニスに夢中なのだ。頻繁にスクールに通っているらしい。彼女の話によると、ラリーがずいぶん長く続けられるようになったとのこと。コーチの指導が的確で、おかげで上達が目覚ましいと喜んでいる。

叔母にとって、コーチの言うことは絶対であるらしく、何から何まで彼のアドバイスに忠実だ。たとえば、スポーツの後に飲むミネラルウォーターにしても、コーチのオススメの銘柄を必ず購入して飲むのだそうだ。

コーチのオススメというのが、フランス産のもので、硬度が非常に高い水だ。硬度が高いというのは、カルシウム、マグネシウム、カリウムの含有量が多いということで、これらの栄養分をスポーツの後に摂取すると、運動によるさまざまなトラブルを回避できるのだとか。叔母はこのミネラルウォーターをわざわざ駅向こうの高級輸入食材店まで、自転車に乗って買いに行く。日本のミネラルウォーターの多くが軟水であるため、硬水のミネラルウォーターを扱っている店は限られている。

これまでは、「水なんて何を飲んでもおんなじ。わざわざ買うなんてもったいない」と言って、水道水を平気で飲んでいた彼女なのに、えらい変わりようだ。そんなこんなで、テニススクールが終わっても、一日中、忙しく出歩いているから、おそらく電話をかけるひまもないのだろう。

叔母を見ていると、「若さ」というのは、本当に気の持ちようであって、何かに夢中になり始めたら、見た目も内面もガラリと変わることを思い知らされる。じっさい、彼女はどんどん血色が良くなり、身のこなしも溌溂としてきた。

とは言え、伝えねばならないニュースがあるわたしは、彼女のリアクションを得ようとあの手この手だ。

わたしはメールに切り替え、母のことを知らせた。

《悪いニュースだよ》

重要度を上げて送信したら、叔母はやっと気づいてくれた。

母の入院を知って驚いた彼女は、さっそく病院に駆けつけてくれた。

「英理ちゃん、遅くなってごめんね」

病院の玄関で昼過ぎに叔母と待ち合わせした。彼女はそれまでの予定を急に変更したのだろうか、取るものも取りあえず、やって来たという感じだ。

時間がなかったからかウイッグをつけていないので、叔母の顔は華やかさを欠

料金受取人払郵便

新宿局承認

7553

差出有効期間
2024年1月
31日まで
(切手不要)

郵便はがき

160-8791

141

東京都新宿区新宿1-10-1

(株)文芸社

愛読者カード係 行

お名前《ふりがな》		明治 大正 昭和 平成 年生 歳
ご住所《ふりがな》	□□□-□□□□	性別 男・女
お電話番号	(書籍ご注文の際に必要です)	ご職業
E-mail		
ご購読雑誌(複数可)		ご購読新聞 新聞

最近読んでおもしろかった本や今後、とりあげてほしいテーマをお教えください。

ご自分の研究成果や経験、お考え等を出版してみたいというお気持ちはありますか。

ある　ない　内容・テーマ(　　　　)

現在完成した作品をお持ちですか。

ある　ない　ジャンル・原稿量(　　　　)

名			
買上 店	都道 府県　　市区 郡	書店名	書店
		ご購入日	年　月　日

書をどこでお知りになりましたか?

1.書店店頭　2.知人にすすめられて　3.インターネット(サイト名　　)

4.DMハガキ　5.広告、記事を見て(新聞、雑誌名　　)

この質問に関連して、ご購入の決め手となったのは?

1.タイトル　2.著者　3.内容　4.カバーデザイン　5.帯

その他ご自由にお書きください。

(　　)

本書についてのご意見、ご感想をお聞かせください。

①内容について

②カバー、タイトル、帯について

弊社Webサイトからもご意見、ご感想をお寄せいただけます。

ご協力ありがとうございました。

※お寄せいただいたご意見、ご感想は新聞広告等で匿名にて使わせていただくことがあります。

※お客様の個人情報は、小社からの連絡のみに使用します。社外に提供することは一切ありません。

■書籍のご注文は、お近くの書店または、ブックサービス(0120-29-9625)、セブンネットショッピング(http://7net.omni7.jp/)にお申し込み下さい。

き、かなりさみし気だ。顔の血色自体は良いのだけれど、すっぴんに近いから、彼女の顔には六十八歳という年齢相応のシミやしわが見受けられた。

　もちろんテニススクールに行く時などは、入念にウイッグをセットし、メイクも手を抜くことはないだろうから、彼女らしい華やぎは保たれていることだろうけれども。

　そういうわたしはどうだろうかと、わが身を振り返ってみた。母から電話があって以来、気持ちの大部分は母のことで占められていて、他のことを考える余裕がないから、放ったらかしのわたしの髪は、おそらく、白髪交じりの悲しい状態になっているに違いない。鏡でそれを確かめさえもしていない。髪の生え際なんて、すごいことになっているんじゃないのかな。

　母の入院に必要なものを仕事帰りに買い集めたり、実家に寄ってタオルやら着替えやらをまとめていたから、じっさい、自分の身なりを気にするひまなどなかった。おそらく叔母の目には、くたびれてやつれた姪と映っていることだろう。

そういえば、今回は雅也にはメールで知らせただけで、その後、電話も入れていない。水くさいと怒っているんじゃないのかな。もし籍を入れていたら、わたしは彼に「どうしよう、どうしよう」と、もっと切羽詰まった連絡を入れていたかもしれないけれども。結婚していないということが、こういう時にちょっとした差を生むものなのだろうか。

わたしは叔母といっしょに母の病室に向かった。途中で、エレベーターに、ジャージの帽子を目深にかぶった女性の入院患者が乗り込んできた。おそらく薬の副作用で、帽子が必要になったのだろう。まだ二十代くらいに見えた。叔母も見るとはなしに、その人のことを見ていた。

エレベーターを降りてから、わたしは叔母に尋ねた。

「さっきの人は今後、外出の折には、医療用ウイッグを使うことになるんだろうか」

「そうかもね」

叔母が相づちを打つ。

「先日、行きつけの美容院で、そんな話をしたのよね。わたしの担当の美容師さんってフランスにいたことがあるんだけど、なんでも医療用ウイッグの製作にも参加したことがあるってよ」

「今、ニーズは増えてるもんねえ」

「彼女もそう言ってた。で、ヘアドネーションの話もしたのよね」

「あ、そういうのって、それこそフランスでも盛んじゃないのかな。アソシエーションとかって、日本で言うところのＮＰＯ法人に相当する市民団体が中心になってるらしいよ」

「なんでそんなこと、知ってんの？」

「ほら、わたしはウイッグのショップに通ってるじゃないサ。微妙な髪事情については情報通なのよ。店員さんがいろいろ教えてくれんの」

「ハハ、いいわね。貴重な情報源ね」

「まかしてよ」

「で、そういうのって高いのかな？」

「医療用ウイッグ？　いいのだと三十万とかって」

「わ、するね」

「もちろん、ネットとかだと、一万円とか、二万円とかもあるらしいよ。けど、
やっぱり一目でわかるもんで」

「安いと人工的？」

「まあね。つむじのつくり方が単純だったりするんじゃない？」

「そっか、お人形さんの頭みたいになっちゃうのかな」

「でも、それも似合えばマルだけどね」

「さっきみたいな若い人は意外に似合うかもね」

「そ、若ければ、なんでもオッケーよ。心配する必要ないって」

ちょうど午後の面会の時間で、五階のフロアは人が行き交っている。が、コロナの感染対策で、訪問者は会話を控えているから、廊下は思ったより静かだ。それでも以前に比べると、家族の面会制限は随分、緩和された。感染者数がピークの頃は、親子の面会もままならなかったらしい。

とは言え、わたしたちは病院に来るたびに検温されるし、手指のアルコール消毒やマスクの装着も義務付けられている。ただでさえ、弱っている母に万一のことがあってはいけないから、そういう意味でも、細心の注意を払う必要がある。

「ワクチンを済ませておいて良かったね」

「うん、二回、ちゃんとやったよ」

対策は万全のわたしたちだけれど、ただ、母の入院が長引けば、またコロナ蔓延の季節が到来するかもしれない。寒い季節が思いやられる。

叔母が知り合いに頼んでくれたおかげで、コロナ禍の混乱にもかかわらず、母には比較的スムーズに個室を取ることができた。周りによけいな気を使う必要がないのは、ありがたい。

母のいる部屋はエレベーターからは遠くない。入り口の扉が少し開いている。看護師さんが検温か何かを終えたところのようだ。

ベッドに座る母は、わりと元気そうにこちらを見ている。

「お姉ちゃん、心配したよぉ」

叔母がマスクを付けたままで声をかける。

「心配かけて、ごめんねぇ」

よく見ると、姉妹は似ている。今まであまり気がつかなかったけれど、顔立ちが似ているというだけでなく、手の動かし方など細かい動作がひとつひとつ似ているものだ。二人を前に、なんだか入り込めない気分になるとともに、一人っ子のわたしは、この姉妹が羨ましい気がした。

叔母は来る時に、ちゃんと、近所でパンプキンパイを買ってきてくれた。

「みんなで食べようと思ってね。お姉ちゃん、たくさん食べてね」

叔母は明るい声で話しかける。

ハロウィンの絵のついた包み紙はとてもカラフルで、まるで三人は女子会を開くために集まったと言っても、なんの不思議もないような華やかさだ。叔母が大きなパイを半分に切り、それを三等分した。そしてわたしが熱い紅茶をそれぞれの紙コップに注ぐ。

叔母は自分の息子の近況や嫁のこと、孫のことをひとしきり話す。嫁の彩子さんが自分の実家に入りびたって、なかなか孫に会わせてくれないことを、やはりここでも強調している。繰り返し語るところを見ると、よほど苦々しく思っているのだろうか。母はその話に声を上げて笑う。

「祐子はむかしっから思い込みが強いから。彩子さんには悪気はないのよ、きっと。一人で子育てするのはたいへんだもの」

母は楽しそうで、わたしはホッとしたけれど、それでも時々、彼女が不自然に息を深く吸い込むのを見て、とても気になった。「本当は体調はすぐれないのかもな」。そんなことを思い、不安がつのった。

がんの高価な治療薬

母の担当医が母の状態を家族にも説明したいと言っているとの連絡を受けたのは、数日後のことだ。わたしは叔母にも声をかけた。叔母の明るさがわたしには必要だ。「ぜひ同席して」と、頼みこんだ。

今回は、叔母は髪もメイクも整えて現れた。マスクをしていても、それは十分わかる。わたしも彼女に負けないようにと、明るい色のカーディガンを羽織っていった。

「早川淑子さんですね。検査の結果、肺への転移が確かに認められます」

母とわたしと叔母は、医師の言葉を冷静に聞いた。

そのうえで、今後の治療についての相談を受けた。手術という方法がまず考えられるけれど、年齢その他を考慮して、果たして体力的に適しているかどうか、と。また最新の治療薬としてニボルマブという薬もおおいに効果はあり得るだろうけれども、なにぶん高額であることに加えて、効く場合と、そうでない場合があるらしいと。そして、条件が合えば、放射線治療も可能であろうと。ただ、放射線治療の場合は副作用も予想されると。

わたしたちは「少し考えます」と返事した。

部屋に戻ると、さっそく母は言う。

「手術はキツイかもねえ」

「そうね、この前はまだ年齢的に若かったからねえ」

叔母が手を貸して、母をベッドに座らせながら答えた。

「とすると、他の方法かなあ」

わたしがお茶を淹れながら、口をはさむ。

「ニボルマブっていうのは、少し前に報道された新薬で、肺には効くらしいけどね」

　叔母の言うように、わたしも新聞でその記事は読んだ記憶がある。その時は「こんなに高価な薬があるんだなぁ」と、人ごととして受け止めていたっけ。

　スマホをバッグから取り出し、わたしはさっそく、ネットでニボルマブの薬価について調べてみた。

「二〇一四年に日本で承認された頃は百ミリグラム七十三万円ぐらいしたそうだけど、二〇一八年十一月で十七万円になり、二〇二一年八月では十五万五千円だってよ。当初の五分の一になってるって」

「随分、引き下げられてるのね」

　叔母がスマホの画面をのぞき込む。

「じっさいはひと月、どれぐらいの負担になるんだろう」

　母は費用のことはやはり気になるらしく、心配そうに言う。

「二〇一八年十一月時点のデータなんだけど、年間千九十万円ほどで、保険で三割負担だとして三百万円以上かかるって。でも、お母さんの場合は七十二歳だから、二割負担だよね。そうなると、ええっと、年間二百十八万円、で、ひと月の負担が十八万千七百円ぐらいかな」

「十八万千七百円。だったら、わたしが払ってあげるわよ」

　叔母が叫ぶ。

　わたしと母は思わず顔を見合わせたけれども、なんとも心強い叫びだ。

「まかしてよ。一億とか二億ならさすがにムリだけど、それぐらいなら、なんとかするわよ。わたし、こう見えてもけっこう、貯金あんのよ」

「はいはい、ありがとね。けどね、こういう最新の薬ってのは効く人と効かない人がいるから」

　母は嬉しそうな反面、冷静だ。

　確かに、がん免疫治療薬は患者全体の二割程度にしか効かない。しかも重い副作用が生じるケースもある。筋肉痛や吐き気はもとより、場合によっては、大腸炎や糖尿病を引き起こすこともあるらしい。

そもそも最新の治療薬を使うさいには、手術が不可能であるとか、従来の抗がん剤が効かないといった条件が定められていたりする。物事はそう単純ではない。

それでも、叔母は最も期待できる治療を受けさせたいようだ。

「あ、それね、薬を投与する前に、効くかどうかを調べる検査があるらしいわよ。高い薬なんだから、使う前に効果のほどを知っておきたいわよね」

わたしはスマホで再度、検索してみた。

「『薬の投与前に、効果を予測するマーカーの研究が進んでいます』、ってあるわよ」

「だったら、そういうの、頼んでみたらいいよね」

積極的な叔母に、「また検査だね」と言って、母は苦笑している。

わたしは母の弱々しい姿を見て、できればもうそっとしておいてあげたい気がしないでもなかった。患者にとって、検査の連続は気が重いに違いない。高齢の患者が、もはや積極的な治療を受けずに、自然にまかせるといった選択をすることがあるけれども、その気持ちもわかるなと思った。

今日では研究が進み、ニボルマブが効くかどうかは、「T細胞」と呼ばれる免疫細胞のタイプによるらしいので、あらかじめ「T細胞」のタイプを知ることによって、効果のほどがうかがえるようだ。

この薬が体に合った人は、その後、職場復帰も果たせたそうなので、ぜひとも母にはトライして欲しい。でも、なにせ効くのが患者の二割程度だから……。なかなか楽観的にはなれないな。金銭的な問題だけなら、叔母の言うように、わたしたちがなんとかするのだけれども。

叔母のすすめで、結局、母は新薬が効くかどうかの検査を受けることにした。高額であるというだけの理由でこの薬にトライしないのは、わたしにしても、叔母にしても、きっと後悔することになるだろう。患者やその家族は迷いの連続で、新しい治療法が開発されれば、嬉しい反面、またあらたな戸惑いが生じる。なんとも悩ましい。

放射線治療

外に出ると、クリスマスのイルミネーションが目にしみた。もう師走だ。慌ただしく過ごしていて、年末が近いことも忘れてしまっていた。

最近の青色LEDの普及で、イルミネーションはオレンジ色の光が減り、ブルーの光が多くなった。木の枝に沿わせて取り付けられた電球が青く点滅する。わたしはその中を抜けていく時、自分が海の中を歩いているように錯覚した。

品川駅まで戻ると、もう午後十時近いのに人が多い。駅に入る人と、駅から出てくる人がぶつかりそうだ。広場には人だかりが見える。大きな円を作っている。群がる人の隙間からのぞき込むと、どうやら中央にはアップライトピアノが置かれているようだ。最近、流行りのストリート・ピアノだ。駅などの公共空間に置かれたピアノは、通りがかった誰が弾いてもいい。

弾き始めたのは、二十歳くらいの学生っぽい男性で、『赤鼻のトナカイ』だ。陽気なクリスマスソングで、ところどころジャズ風のアレンジが加えられている。取り囲む人たちは大喜びし、子どもはリズムに合わせて体を左右に揺らせている。

わたしは昨年のことを思い出した。

同じように『赤鼻のトナカイ』が流れるデパートの中を、母とともに「もうクリスマスよね」と言いながら、ゆっくり見て回っていたっけ。母が「世話になった旧友に歳暮を贈りたい」と言ったので、ハム&ウインナーの詰め合わせやクッキーの詰め合わせを、いっしょに選んだのだった。もう一度、母と年末のデパートを訪れることは、果たしてできるのだろうか。

陽気なクリスマスソングも、今のわたしには、陽気ゆえに物悲しく感じられる。華やいだ空気から置いてきぼりにされてしまったみたいで、いたたまれない気持ちになり、わたしは足早にそこを立ち去った。

「検査の結果ですが、結局、放射線治療が適当かと思います」

数日後、担当医が母とわたしと叔母を前に、そんなふうに告げた。叔母をはじめとして、わたしたちはなんとなくニボルマブを使う気でいたものだから、少々、拍子抜けしてしまった。

検査結果によれば、母はニボルマブが効くタイプではなかったようだ。

わたしたちは「お金さえ、なんとかできれば」と思ったけれども、やはり話はそうシンプルではなかった。

「それで、放射線治療ですか」

母は感情を抑えて淡々と話す。そうするよりほかないのだけれども。

科学がこれほど進んでいるのに、超えることのできない病がまだまだあることを思って、わたしはもどかしさを感じた。じっさい、新薬といっても、すべての患者がアプローチできるわけではないのだ。

医者は叔母に、母の体力の著しい低下と、気力の低下を指摘した。

「なるべく、気をつけてあげてください」

母はわたしや叔母の前では元気そうに振る舞うけれども、それはムリをしているのであって、本当はかなり弱っているのかもしれない。

そういえば、母はむかしから自分の弱い面を人に見せないタイプだった。ひょっとすると、放射線治療だって、今の彼女には耐えられないのでは……。

「ねえ、この前、医者は確か、放射線治療の場合は副作用が予想されるって言ってたわよね」

病室に戻り、「お茶でも淹れよう」と、ポットの湯の用意をし始めた叔母に向かって、母は低い声で尋ねた。

「そうだっけ？　英理子は覚えてる？」

叔母はわたしに答えさせる気だ。ズルい。

「副作用って、そもそも、個人差が大きいじゃない？　いちがいにどうとかって言えないんじゃない？」

引きつりながら、わたしは答えた。

「そうよね、だってコロナのワクチンだって、わたしは発熱しなかったもん。副反応はほとんどなしだったわよ」

叔母は母を安心させようと懸命だが、「放射線治療とコロナのワクチンを同列に語るのはやはりムリがあるでしょ」と、わたしは思った。が、ここは叔母に同調するしかない。

そんなわたしたちのやり取りを母は静かに眺めている。そして、

「放射線治療で髪が抜ける話はよく聞くわよ」

と、ポツンと言った。

「そうね、この病院の中でも、そういう患者さんを時々、見かけるわよね」

もはや安易な慰めは通用しないと悟ったわたしは、ごく普通のことのように話

した。

「そうそう、先日もエレベーターの中で、そういう人に出会ったよね。若い女性だったね。彼女はジャージの帽子をかぶっていたっけね」

と、叔母も続ける。

母は黙っている。

「でも、副作用なんて言っても、ああいうのは一時的なものらしくて、すぐまた元に戻るらしいよ」

叔母は部屋の空気を暗くすまいと、わざとにこやかに説明してみせる。

わたしは叔母が「高齢になってくると、少なくなった髪はなかなか元に戻らない」と、以前、グチっていたことを思い出して少しおかしくなったが、笑うと涙が出てきそうだったから、急いで下を向いた。

「まあ、すぐに治療が始まるというわけでもないだろうから、もう少しネットで調べたり、詳しい人に聞いたりして、時間をかけてもいいんじゃない？」

叔母のとりなしに、母もわたしも、いちおう同意した。

「ほら、英理ちゃん、雅也さんにもいちおう聞いてみてよ。彼なんか、詳しいかもよ」

「あら、どうしてよ、叔母ちゃん。彼は医者じゃないんだから、知識なんてゼロよ。なに言ってんの」

わたしが叔母の言葉をからかいと受け止めて抗議すると、

「雅也さんねえ、あの人には以前、救急車を呼んでもらったりして、お世話になったから。英理子、彼にはよろしく言っておいてね」

母がほほ笑みながら答えた。わたしには母が「雅也さんともう、結婚したほうがいいよ」と言っているように聞こえた。わたしはまた下を向いた。

「ま、今日はこれくらいにしない？　わたしも疲れたな。わたしが疲れるくらいなんだから、お姉ちゃんもそろそろ休みたいでしょ。出直そうよ、英理ちゃん」

との叔母の提案で、わたしは荷物をまとめ、母に布団をかけてあげた。叔母と二人で表に出ると、細い雨が降り出していて、寒さに加えて、物悲しさが身にしみた。

晩ごはん食べていこうという叔母の誘いで、わたしたちは駅前の中華料理店に入った。ビールを頼もうと言う叔母に付き合って、それぞれ喉をうるおす。

「淑子姉さん、それでも、かなりやつれた感じね」

メニューを見ながら叔母はポツンと言う。

「検査の繰り返しだと疲れるからね」

そう言って、わたしは八宝菜と麻婆豆腐とシュウマイを、シェアするつもりで注文した。

「ねえ、言おう、言おうと思っていたんだけど」

「なに?」

「姉さんのさあ、別れたダンナに連絡しなくていいのかな」

「それって、ひょっとしてわたしのお父さんってこと？」

「そうね、英理ちゃんのお父さんだけど」

「そういうものなの？」

「って言うのか、もし、っていう場合だけど」

「誰ももう何年も会ったことないから、連絡先もわかんないよ」

「そうだよねえ」

叔母は麻婆豆腐を皿に取り分けながら、ため息をついた。わたしはひたすらビールを飲んだ。

「でも、お母さんは連絡先を持ってるわけ？」

「わからないね。ただ、ほら、わたしは主人を亡くしてるでしょ。最期に会っときたい人っているもんかなと思って」

「難しいな。どんな別れ方をしたかとか、わたしは知らないもん」

「放っておいたほうがいいかな。変なことを思い出させるのもいけないしねえ」

「自分だったらどう思うかなんて、考えてもムリだし」

「そうよね」

結局、叔母は母を不快にしたくはないしと言って、「仕方ない」と自分に言い聞かせているみたいだった。

でも、わたしは叔母の言ったことがとても気になった。今まで父のことを考えたことなどほとんどなく、まるでもうこの世にいない人のように思い込んでいた。だけれども、もしかしたらまだどこかで生きていて、ひょっとしたら会うこともあり得るんだ、そう思うと、じっとしていられなくなった。なぜ今までそんなことに気づかなかったんだろう。もう何十年も会ったことがないけれど、わたしのお父さんはいったい、どうしているのだろう。

こんなことになるのだったら、もっと母にいろいろ聞いておくべきだった。

「わたしが子どもの頃、お父さんとお母さんはどうして言い争っていたの？」

「お父さんはどうして、だんだん家に帰らなくなってしまったの？」

「お父さんは、結局、どこに行ってしまったの？」

そんなふうに、聞けば良かった。小学生のわたしに対しては、母は「お父さんは、お仕事」の一点張りだったけれども、二十歳を超えたわたしにだったら、もう少し、事情を話して聞かせてくれたかもしれない。

本当は、母はわたしにいろいろ話したかったのではないかな。でも、わたしはそれを話題にしようとはしなかった。聞いてはいけないことのように思えたのだった。

何があったかは、どうやら叔母も知らないみたいだから、母はきっとすべてを自分の胸にしまったまま、おそらく誰にも言わずに今日まで過ごしてきたのだろう。母はさみしさなり、悔しさなりを抱えて、ここまで生きてきたのだ。

こういう時、人は果たして、相手に「最期に会っておきたい」と思うものだろうか。もし会ったら、どんな言葉を交わすものなのだろう。納得のいかない別れ方をした二人であっても、やはり会ったほうがいいのだろうか。あるいは、そのままにしておくほうがいいのか。
わたしはどこまでも答えの出ない問いを前に、途方に暮れてしまった。
叔母とは「じゃ、また、お母さんの部屋でね」と言って、駅前で別れた。

母の本当の気持ち

翌日もわたしは母の部屋に行った。母が昼食を取るのを手伝いながら、わたしは思い切って尋ねた。

「ねえ、お母さんはお父さんに会いたくはない？」

母は食事をする手を止めた。「お父さん」という言葉自体が、わたしたちのあいだで久しく使われていないものだった。

長いあいだ、口にすることのなかった「お父さん」という言葉は、わたしの舌の先をするすると滑り落ち、わたしの目の前に、さわやかなミントグリーンの、まあるい花を咲かせた。たとえれば、紫陽花だろうか。紫陽花の花は、しばらく宙を漂った後、シャボン玉がふっと消えるように、いつの間にか姿を消した。

母を見ると、彼女は黙ったまま、何かを考えているらしかった。少しの間があり、

「会いたくないわ」

と、きっぱり言った。

「うん、わかった」

わたしは頷いた。

母はまだ考え続けている。

「わたしは会いたくないけれど、今後、英理子がお父さんに会いたくなったら、会うのはかまわないのよ」

「…………」

「たとえば、結婚式に招待したい時とか、ね」

わたしは少しあわてた。「ああ、母はわたしのことが心配なんだ。わたしを一人残して逝くのが、きっとつらいんだ」、ふいに雅也の顔が浮かんだ。

これまで、わたしはこだわり過ぎていたのだろうか。もっと母の気持ちも考えるべきだったのだろうか。結婚して母を安心させるべきだったのだろうか。

「お母さんは、お父さんがどこにいるか知ってるの？」

「知ってるわよ。連絡先は持っているわ」

「え、本当？」

「だって、わたしはずっとあなたの養育費を受け取っていたもの。二十歳までだけれど。そういうのって、もし振り込みが滞ったら、それこそ催促しなきゃならないじゃない。だから連絡先は聞いていたわ」

「今も変わってないかな？」

「さあ、それは自信ないけど」

「…………」

部屋の入り口で小さな音がした。叔母だった。

「ごめん、ノックしたけど、聞こえなかったみたいだから」

手には淡いピンクのガーベラの束を抱えていた。カスミソウがレースのようにガーベラの周りを飾る。殺風景な病室を少しでも明るくしようと、来る途中、花屋に立ち寄ったのだろう。

叔母は続ける。

「お姉ちゃん、連絡先を持っているんだったら連絡してみない？」

「わたしは、しないわ」

「どうして？」

「連絡してどうするの？」

「どうって……」

「わたしは会うのはいやよ。とても会えないわよ。こんな格好で」

「え？」

「だって、あの人は若いおんなのところに行ったのよ。わたしはこんなに老けたわ。それを見られるだけでもぞっとする」

「…………」

「それに、もし副作用が出たら、わたしはさらに髪も失うのよ」

わたしと叔母は顔を見合わせた。

母の言葉をどういうふうに受け止めればいいのだろうか。

母は父のことを恨んでいることだろう。だけど、今、会いたくないというのは、その恨みゆえのことでもなさそうで。それこそ、母の気持ちを推し量ることは、わたしには到底、ムリだけれど、母の言葉を聞く限り、顔も見たくないほどに恨んでいるという感じではなさそうだけれど。

叔母も同じような印象を持ったようだ。

「お姉ちゃん。と言うことは、見た目を整えられれば会ってもいいってことかな」

「…………」

「見た目は整えられると思うよ」

「見た目は大事。女の意地だから。あなたたちだって、そうでしょ？」

と、母は言った。

確かに、叔母はウイッグを買いに走ったし、わたしは夜な夜な、慣れない白髪染めと格闘した過去を持つ。それぞれが大きな声では言えない「老い」と闘ってきているわけで、療養中の母とて、そこらへんのところは無論、同じはずだ。

ましてや、何十年ぶりかでかつての夫に会うなどと言うなら、「老けた」と思われたくないというのはとてもよくわかる。じっさい、年を重ねたわけだから、「老けた」と思われないようにするのは難しいことなのだけれど、でも、とことん抵抗しておきたいという気持ちはよくわかる。どうしても抵抗できないなら、いっそ会わないでおくというのは、たいへん賢明な判断だと言わざるを得ない。

「お姉ちゃんがもし、放射線治療を希望していて、でもそのために髪に現れる副作用のことを気にしているんだったら、わたしがなんとかするわよ。だって、ホラ、わたしもこれですから」

叔母は自分のつけているウイッグをいきなり持ち上げて、頭の上でグルグル回し始めた。これには、わたしも母も思わず吹き出した。

部屋の空気ががらりと変わった。

わたしはこの時ほど、叔母の明るいキャラクターに感謝したことはない。

「そこまでしなくていいから。みんな、わかってることだし」

笑いをかみ殺しながら、母は叔母を止めようとする。叔母のパフォーマンスに場は一気になごみ、皆、ほっとしたかのように笑みを交わした。

これで、母の治療法、副作用対策、そして父への連絡と、物事が一気に動き出すように思えた。すべてが少しでもハッピーな方向に進んでいってくれることを、わたしは願わずにはおれなかった。

夕方、母に別れを告げ、病室を出たところで、わたしと叔母は今後の作戦を練った。まず、母を刺激しないように丁寧なやり方で、わたしが父の連絡先を聞き出す。叔母は早々に医療用ウイッグについて情報を集める。これについては、わたしも美容院の沢田さんに相談しよう。

「とにかく早く動いたほうがいいよね」

わたしたちは興奮気味に帰路についた。

届いたメッセージ

母は意外にあっさり、父の連絡先を渡してくれた。わたしが切り出す前に、小さな紙片が既に枕もとの小テーブルの上に置いてあった。

「これね」

「あ、どうも、どうも」

紙片は少し黄ばんでいて、時の流れを感じさせるものだった。もちろん携帯の電話番号などとは違う固定電話の番号だ。これが現在も有効であればいいのだけれど。

「電話、かけたことある?」

「ない」

「あ、そう」

わたしはこの紙片をそうっと、定期ケースの中におさめた。とすると、わたしがこの紙片の最初の使用者ということになるな、と少々緊張した。

母が目を閉じているあいだに、ダウンコートを羽織り、音を立てずに部屋を出た。

何かに急き立てられるかのように、わたしはエレベーターに飛び乗り、一階への行き先ボタンを押した。善は急げだ。「迷っている場合じゃない」と、自分に言い聞かせる。いったん迷ったら、もう行動できなくなるような気がした。

重い扉を体全体で押し開けて、わたしは病院の中庭に出た。細い道が小さな池へと続く。左右には手入れの行き届いた緑が広がっている。楓が紅く色づき、風で散った枯れ葉が木の根元に明るい色を添える。点在する花壇には、パンジーが可憐な花をつけている。黄色や白、紫の濃淡の色合いが華やかだ。

季節の良い時なら、入院している患者たちが、訪問者とともに散歩を楽しむのだろうけれども、今日は空気がひんやりし、空もどんよりとしているから、あたりには誰も見当たらない。ここなら人に話の内容を聞かれることはないだろう。わたしは池の手前のベンチに腰掛けた。

母から受け取った紙片を見ながら、スマホのボタンを押していく。「もし、父が電話に出たらどうしよう」と思ったけれど、もう遅い。電話の呼び出し音が繰り返される。この番号は有効だ、つながっている。

もしかしたら、わたしは電話がつながらないことを願っていたかもしれない。

「やってはみたけれど、ダメだった」

そんなふうに叔母や母に報告して、それで自分も満足するつもりでいたと思う。ところが、電話がつながってしまったのだ。わたしは逃げたくなった。このまま切ってしまえば、なかったことにできるよ。まだ、ぎりぎり間に合うよ。

でも、どうしても切ることができず、わたしはそのままの姿勢で、ただただ応答を待った。身動きしようにも、できない。

呼び出し音は五、六回鳴り続けた。が、応答はない。

「昼過ぎだから出かけているのかな。そうだよね、こんな時間にたまたま家にいるということのほうが稀だよね」

電話がつながれば、すぐに相手が応答するものと、勝手に思い込んでいたのだけれど、ただ、呼び出し音が繰り返されるばかりだ。で、そのことに、わたしは実はホッとしている。

電話をしながら、相手が電話に出ないことをひそかに願っているというのは矛盾していて、だったら電話しなければいいのだけれども、それでもやはり、電話せずにはおれないのだ。

「家には今、誰もいないのかな」と思ううちに、留守番電話に切り替わった。

「御用のある方は……」のテープが流れる。

そういえば、父はかつての父のままであるとは限らない。あれから三十年あまりの月日が流れた。母と別れた後、父はどんな暮らしをしているのだろう。

父は別の女性と暮らしているかもしれない。あらたに子どももいるかも。その子は父に似ているだろうか。父の新しい家庭ってどんなだろう。想像しようとしても、わたしにはまるで想像がつかない。

わたしは震える声で、留守電に対してしゃべり始めた。

「早川英理子です。伝えたいことがあります。以下にお電話いただけますか」

わたしは自分のスマホの番号と、メールアドレスを伝えた。そして通話を切った。

ほんの数分のことだったけれど、ひどい疲労を感じた。左手はスマホを力いっぱいにぎったままで、脇の下には汗がじっとり滲んでいる。しばらくベンチに座ったまま、宙を見つめていた。

「やるべきことをやった」と思う反面、「こんなことをして、本当に良かったのだろうか」とも思った。

ひょっとしたら、父は「早川英理子」という名前など、突然耳にしても、誰のことなのかすぐに思い出せないかもしれない。それどころか、わたしのことなど、もうとっくに忘れてしまっているんじゃないか。いや、まさか、そんなはずはないだろうけど。だって、父はわたしの養育費を払ってくれていたんだし。と、いろいろな思いが頭の中で、ぐるぐる回る。

これまで、あまりにも長い時が経ってしまったことを、あらためて思った。

叔母は叔母で、その後、奮闘してくれているようだ。

早々に電話をくれた。

「あのねえ、医療用ウイッグだけどね、調べてみるといろいろあるよ。ショートでしょ、ボブでしょ、それにミディアムにロング。ファッション用みたいにヴァリエーション豊富。なかなか楽しいよ。変身願望を刺激されちゃう。まあ、頭皮に負担をかけないかとか、長時間つけていられるかとか、そういうところがポイントになるみたいだけど」

叔母は懇意にしているウイッグのショップに情報を求めたらしい。わざわざ足を運んだようだ。彼女のウイッグ熱が、こんなところで役立つとは思ってもみなかった。

「今度、カタログ持ってくから、みんなで選ぼうね」

カタログを前にして、母の気持ちも明るくなればいいのだけれど。

わたしも情報収集の目的で、美容院を訪れた。ちょうど生え際のグレイヘアが目立ってきたので、まずはリタッチ・カラーリングのメニューを頼んだ。

「大丈夫。髪は傷んでませんから安心して。カラーリングをする時は必ずトリートメントもしましょうね」

沢田さんは優しいので安心する。

「実はね、母がね、医療用ウイッグを探してるんだけど……。先日の沢田さんの話を思い出して、もう少し詳しく教えてもらえればって思うんですけど……」

おずおずと切り出すと、彼女は、

「あら、そうなんですか」

と、思いのほか軽く受け止めてくれた。慣れているのかな。あからさまに驚かないところが嬉しい。

「じゃあ、取り扱ってる窓口の連絡先やカタログなんか、今日、帰りにお渡ししますね。価格もかなり幅があるんですよ。アフターケアなんかは心配いらないわよ。もし、ウチに来てくださったら、ウイッグのケアもすべてオッケーだから。お母さまに伝えておいてね」

帰り際に資料をたくさん受け取った。これを叔母や母と共有すれば、きっと安心することだろう。

すべては良い方に向かっているように思われた。

「ね、明日もお母さんとこ行く？」

わたしはいつものように、叔母に電話した。

「いいよ。明日はテニスもないし、英理ちゃんは何時頃行くの？」

「わたしは明日は仕事がないから、朝から行っちゃう」

「ん、わたしは昼前になるかな。なんか町内会の打ち合わせがあるって言われてるから、それに顔出さなきゃいけないみたいなのよ。それ終えてから行くね」

「いいよ」

「それよか、お父さんから何か連絡あった？　先日、確か、留守電にメッセージを残しておいたんだよね」

「まだない」

「ふうん、ま、そのうちなんかあるよ。焦らず、とにかく待とう。連絡先があるんだから、またこっちから電話してもいいしさ」

「そうよね」


母が渡してくれた連絡先を見て電話すること、そしてメッセージを残すこと、先日はそれが、わたしには精いっぱいだった。留守電を聞くであろう父の気持ちなど、想像する余裕はまったくなかった。

が、そもそも、最初に留守電を聞くのが父であるかどうかは、わからない。家庭の固定電話なのだから、父以外の家族が留守電を聞くかもしれない。そういう時は、どんなやり取りがされるのだろうか。

父に新しい家族がいるとして、その家族は果たして、わたしの名前を知っているのだろうか。もし知らなかったら、ぶしつけで不審な電話だと思うだろう。で、もし知っていたら、それはそれで、不快に思うことだろう。不快に思って、父がメッセージを聞く前に、メッセージ自体を消してしまうかもしれない。難しいものだ。

わたしはそんなことをいっさい考えずに、行動してしまった……。

ひょっとしたら、父がメッセージを聞くのは奇跡に近いのでは……。

たとえ首尾良く父がメッセージを聞いたとしても、唐突のあまり、父は驚くに違いない。何年も連絡を絶っていた人物から、いきなり留守電が入っていれば、心は穏やかではないはずだ。

それに、仮に父から折り返し電話があったとして、わたしはなんと言えば良いのだろう。なんと言うつもりだったっけ。この後、どんな展開になるのだろうか。わたしはよけいなことをしたのかな。

担当の看護師から連絡があり、昨夜から母が発熱しているとのことだ。

「昨夜はけっこう高かったんですけどね、今朝は少し下がりました。それでも三十八度台なんです。できれば、早目に来てくださいね」

朝早く行く予定だったのに、家の片付けをしているうちに、気づけば十時近くなってしまった。急がなければ。

このあいだ、担当医から、母の検査結果を聞いた時のことを思い出した。

医者は、母の体力の著しい低下と、気力の低下を指摘しつつ、

「なるべく、気をつけてあげてください」

と、叔母やわたしに言ったんだったっけ。

できれば、つねに母に付き添っていてあげたいのだけれど、仕事もあって、なかなかそうはいかない。母だって、誰か身内にそばにいて欲しいだろうに。

あまり弱音を吐かない人だから、こちらで気づいてあげないといけないが、わたしはにぶいのかな。昨夜、母はきっと不安だったことだろう。

それにしても、病院からの連絡は、どきりとする。これからこんなことが増えていくのだろうけど、できればあまりドキドキしたくないな。もっとも、患者の調子の良い時には連絡はないものだから、連絡が入るということは、それ自体、既に不穏なことなんだけれど。

部屋をノックした。が、返事はない。

「お母さん、眠ってるのかな」と、わたしはドアを細めに開けて中をのぞいてみたが、ベッドには薄いカーテンを引いてあるので、よくわからない。反応がないところをみると、どうも眠っていそうだ。

昨夜からの熱は少し下がったということだから、気分が良くなって母はうとうとしているのかもしれない。

音を立てずに部屋に入り、わたしは荷物を置いた。そして、傍らの椅子に腰を下ろした。いつもばたばたしているから、気がつけばわたしも随分、疲れている。持参の缶コーヒーをひとくち飲んで、母の顔をのぞき込んだ。

眠っているのか、ほほ笑んでいるのか、よくわからないような表情だ。おそらく気分は良いのだろう。わたしは少し安心した。寝返りを打とうとしているようにも見えた。

来る途中で、明るい色の花でも買ってこようと思っていたのに、病院からの連絡に、すっかりあわてたわたしは、結局、何も買わずに来てしまった。病室がさっぱりしているのは嫌いではないが、先日、叔母が持ってきてくれたようなピンク系の可愛い花が飾られていたほうが、病室に華やぎは生まれる。叔母に電話して「また、買ってきて」と、頼もうか。でも、そのぶん、彼女の到着が遅れるのはイヤだしな、などと迷った。彼女のことだから、そこらへんは気を利かせて、何か持ってきてくれるかも。

母はまだ眠っている。気持ち良さそうだ。こちらも嬉しくなる。

わたしは、沢田さんにもらった資料や医療用ウイッグの情報誌の入った紙袋を、そうっと引き寄せた。たくさんもらい過ぎて、紙袋はパンパンだ。

「母が目覚めるまでに、少しでも目をとおしておこうか」、と思った。とてもすべてを見るなんてできないが。この種のカタログがこんなにあるとは、これまでまったく知らなかった。需要があるということなのだろうか。

紙袋から取り出してみると、どのカタログもとてもよくできている。カラー刷りでレイアウトも見やすく、明るい気分になる。洒落た女性誌を眺めている感じ。叔母が「なかなか楽しいよ」と言ったのが、わかるような気がする。今日は母や叔母にいろいろ説明するのだから、少しでもわかりやすいように整理しておこう。

叔母もウイッグのショップからもらったカタログを持ってくると言っていたから、情報はたっぷり。なかなか忙しくなりそうだ。

窓の外にちらちらと白いものが舞っている。五階の窓からは、民家の屋根の連なりが見え、遠くにはビルの点在が目に入る。屋根の上をほこりが舞っていると思われたものは、よく見ると雪だ。空はどんより曇っている。もう冬だ。今季、初めて見る雪。天気予報では雪なんて言ってなかったけど。

母が声を出したようだった。

「お母さん、目が覚めた？　すっごくよく眠ってたよ」

「あ、英理子。なんだかいっぱい夢を見てたわ」

「どんな夢?」

「あんまり覚えてないけど」

「もう熱は下がったみたいね」

「昨日の夜は苦しかったのよ、すごくだるくて」

そんなやり取りをしている時だった。

わたしのスマホが振動した。

びくりとして手に取ると「新着メッセージあり」の表示が。

「叔母ちゃんかな? そろそろ到着する頃だと思うんだけど」

つぶやくわたしが目にしたのは、見知らぬ名前だった。

「ん、『北村聡《さとし》』? 誰だろう?」

見知らぬ名前だと思ったが、どこかで聞いたことがあるような気もした。

「あの人よ」

母が静かに、低い声で言う。

あの人？　あの人って？

わたしは、すぐにはわからなかった。

え、もしかして？　そういえば「北村」は……。

何十年ぶりかの父からのメッセージだ。先日わたしが伝えておいたメールアドレスに連絡をくれたようだ。

わたしは緊張した。母は表情を変えずに、ただ宙を見つめている。

ベッドの傍らに座り、母にスマホの画面を見せながら、わたしは「北村聡」の名前をタップした。

《早川英理子様　連絡ありがとう。元気ですか？　なにか変わったことがあれば、知らせてください。　北村聡》

わたしたちは、代わるがわる、そのメッセージを読んだ。

母は安心したようだったが、何も言わなかった。わたしも何も言えなかった。

が、久々にわたしも穏やかな気持ちになった。

そして願った。

母のこれからの闘病が平穏なものであることを。そして、訪れるかもしれない母の旅立ちが静かなものであることを。


（了）

著者プロフィール

吉川 佳英子（よしかわ かえこ）

奈良県出身。愛知工業大学教授。パリ第3大学文学科博士課程修了。

博士（文学）。明治大学兼任講師。

専門は現代フランス文学、主にプルーストを研究。他にフェミニズム文学、ジェンダー理論など。主な著書に *La Genèse des Cambremer dans A la recherche du temps perdu, esthétique et snobisme*（Presses Universitaires du Septentrion／1999）、『「失われた時を求めて」と女性たち』（彩流社／2016）、*Index général de la Correspondance de Marcel Proust*〈共著〉（京都大学学術出版会／1998）、大阪大学記念論文集 *Correspondance*〈共著〉（朝日出版社／2020）、『セクシュアリティ』〈共著〉（水声社／2012）、『フランスと日本　遠くて近い二つの国』〈共著〉（早美出版社／2015）など。主な訳書にラクシモヴ著『失われたパリを求めて　マルセル・プルーストが生きた街』〈共訳〉（春風社／2010）、ジャン＝ルイ・ドブレ、ヴァァレリー・ボシュネク著『フランスを目覚めさせた女性たち』〈共訳〉（パド・ウィメンズ・オフィス／2016）など。

日本フランス語フランス文学会、日本比較文学会、日仏女性研究学会、東アジア日本学研究学会、日本ペンクラブなどに所属。

髪と家族

2023年3月15日　初版第1刷発行

著　者　吉川 佳英子
発行者　瓜谷 綱延
発行所　株式会社文芸社
〒160-0022　東京都新宿区新宿1－10－1
電話　03-5369-3060（代表）
03-5369-2299（販売）

印刷所　図書印刷株式会社

ISBN978-4-286-27042-5